RÉFUTATION DES ERREURS

QUE CONTIENT

LE LIVRE DE M. DEVERGIE.

IMPRIMERIE DE W. RÉMQUET ET Cie,

Rue Garancière, 5, derrière Saint-Sulpice.

RÉFUTATION DES ERREURS

QUE CONTIENT LE

LIVRE DE M. DEVERGIE

MÉDECIN DE L'HOPITAL SAINT-LOUIS, ETC.,

(Deuxième édition, 1857),

DANS LA PARTIE OÙ SONT TRAITÉS

LES PARASITES VÉGÉTAUX ET LES MALADIES PARASITAIRES.

PAR M. DEFFIS.

———————— ✺ ————————

PARIS.

LECLERC, RUE DE L'ÉCOLE-DE-MÉDECINE, 44.

1857

Dans son traité pratique des maladies de la peau, deuxième
édition (1857) M. Devergie fait rentrer, dans ses cadres nosographiques, les végétaux parasites et les maladies parasitaires.
Quelle que soit la façon dont il envisage cette question, quelle
que soit la divergence de ses idées, avec les idées déjà émises
sur ce sujet, la science des dermatoses n'en a pas moins fait un
grand pas vers le progrès. Désormais il faut compter avec les
parasites dans les affections cutanées ; longtemps niés ou re-
poussés comme cause pathologique, ils se sont, enfin, intro-
nisés à l'hôpital Saint-Louis, grâce aux efforts, aux savantes et
heureuses recherches de M. Bazin. Des cinq médecins de l'hôpital Saint-Louis, dont le mérite et le savoir ne sauraient un
instant être mis en doute, quatre admettent les maladies parasitaires. Espérons que le cinquième seul, ne résistera pas
longtemps à ce mouvement de progression. Sans doute, il n'y a
pas uniformité d'idées, mais qu'importe : le principe est admis,

c'est l'essentiel ; tout le reste n'est qu'une affaire de temps. Lorsqu'une saine observation, maintenant qu'elle a un point de départ solidement établi, aura coordonné tous les faits, tous les phénomènes qui se rattachent à l'existence des végétaux parasites, on viendra insensiblement à reconnaître que M. Bazin est dans le vrai, qu'il n'a rien exagéré et qu'il a rendu un service signalé à la science et à la thérapeutique.

Dans sa sollicitude pour la logique, pour la science, pour les médecins et pour les élèves en médecine, M. Devergie jette le cri d'alarme à l'endroit des monstruosités émises par M. Bazin sur les parasites végétaux. Qu'on se rassure bien vite, ce n'est qu'une fausse alerte ; je vais essayer de le démontrer, et de plus, relever en passant, quelques inexactitudes. L'importance du sujet, le savant médecin avec lequel je me mets en opposition, voudraient une plume plus digne, mieux exercée que la mienne. Quoiqu'il en soit, fort de mon expérience et de celle de M. Bazin, je n'hésite pas à défendre les vérités contestées et à signaler les erreurs émises par M. Devergie dans cette question si intéressante des végétaux parasites et des maladies parasitaires.

TRAITÉ PRATIQUE

DES MALADIES DE LA PEAU,

Par Alph. **DEVERGIE**, etc., etc.

Deuxième édition, 1857.

———•○•———

Page 283. « M. Bazin prétend qu'il est beaucoup plus facile de guérir la teigne (*favus*) que de guérir l'herpès tonsurant, nous sommes d'une opinion opposée à la sienne. »

Entre une affirmation et une négation sans preuves, émanant de deux hommes haut posés dans la science, le public se trouve fort embarrassé pour adopter l'une ou l'autre opinion. Qui a raison de M. Bazin ou de M. Devergie? La question ne sera pas difficile à résoudre, car des faits par centaines viennent à l'appui de la manière de voir combattue par M. Devergie. Je ne les donne pas ici parce qu'ils ne tarderont pas à être publiés en temps et lieu. Seulement, je soutiens de mon côté, qu'il est beaucoup plus facile, en général, de guérir le *favus* que l'herpès tonsurant; et cela, parce que l'épilation est très-facile dans la teigne faveuse et très-difficile dans l'herpès tonsurant, souvent même impossible pendant un certain temps.

1.

Page 5o1. « Quoiqu'il en soit, je repousse de toutes mes forces cette opinion, qu'il suffit de détruire le champignon pour guérir la maladie. Si cela est vrai pour la teigne, ce n'est plus fondé pour l'herpès tonsurant, pour le *porrigo décalvans*, pour l'herpès circiné, pour le sycosis et probablement aussi pour la plique. »

« J'ai vu, dans le service de notre collègue Bazin, des enfants affectés d'herpès tonsurant (teigne tondante de M. Bazin), et qui sont là depuis huit et neuf mois avec des herpès pourvus des mêmes cheveux cassés et garnis de *trichophytons* aussi abondants que le premier jour, malgré les avulsions des poils et les applications des lotions et des pommades parasiticides. »

L'opinion exprimée plus haut avec tant de force par M. Devergie, est en opposition flagrante avec l'expérience de tous les jours. Chaque jour, en effet, nous guérissons rien que par le fait seul de la destruction du champignon, et la teigne, et l'herpès tonsurant, et le porrigo décalvans, et l'herpès circiné, et le sycosis ; je l'affirme de toutes mes forces. L'exemple d'enfants affectés d'herpès tonsurant que choisit M. Devergie pour étayer son opinion, et qui n'étaient pas plus avancés dans leur guérison le neuvième mois que le premier jour de leur entrée dans le service de M. Bazin (ce qui me paraît un peu long) n'est pas très-heureux ; car il prouve juste le contraire de ce que M. Devergie cherche à prouver. En effet, s'il est vrai qu'il ait vu ces enfants aussi peu avancés dans leur guérison après neuf mois de traitement local, nonobstant le traitement interne susceptible de modifier leur constitution, cela tient uniquement à ce que l'arrachement des cheveux n'ayant pu se faire à cause de leur friabilité, le champignon s'est toujours trouvé à l'abri et n'a pas été détruit. Voilà pourquoi la guérison se fait longtemps attendre, c'est, du reste, ce que nous voyons tous les jours. Lorsqu'un enfant porte au cuir chevelu plusieurs plaques d'herpès tonsurant d'âges différents, par suite de l'épilation les plus récentes sont déjà guéries et couvertes de cheveux de nouvelle formation parfaitement sains, alors que la plaque primitive est à peine modifiée. Pourquoi cette différence sur le même sujet? Parce que d'un côté les cheveux étant moins altérés, l'épilation a pu s'effectuer, les lotions parasiticides ont, par conséquent, détruit le champignon et la guérison s'en est suivie ; tandis que, de l'autre, le champignon est tellement vivace dans la capsule du cheveu, ce dernier est tellement altéré dans sa texture, qu'au lieu de s'arracher il se brise, et tant qu'il reste dans cet état nous nous trouvons dans les conditions du traitement ordinaire de cette maladie ; c'est-à-dire que nous sommes réduits aux frictions et aux lotions sans épilation : le champignon étant soustrait à l'action des parasiticides persiste et avec lui la maladie. C'est une démonstration claire que l'expérience et l'observation clinique nous donnent tous les jours. J'affirme donc, encore une fois, sans crainte d'être démenti expérimentalement, qu'il suffit de détruire le champignon pour guérir la teigne, quelle soit faveuse, tonsurante ou décalvante.

Pages 5o5 et 5o6. « Ce qui est plus grave peut-être, c'est le bouleversement que ces changements de dénomination peuvent apporter dans les idées des élèves et des médecins, toutes ces maladies étant désignées par M. Bazin sous le nom général de *teigne*. . . . . De sorte qu'en vertu de cette classification, la plus grande perturbation est jetée dans le diagnostic des maladies ; des noms séculaires se trouvent remplacés par d'autres sans utilité. . . . . »

Toutes ces lamentations sont sans objet et portent à faux. Est-ce bouleverser que de faire disparaître des idées fausses qui de tout temps ont conduit les praticiens à de fausses applications thérapeutiques? Est-ce tromper les élèves et les médecins que de leur montrer du doigt la nature et le traitement rationnel des maladies? En désignant sous le nom général de *teigne*, toutes les maladies dont parle M. Devergie, M. Bazin, leur donne, d'emblée, leur place naturelle et en facilite, ainsi, leur diagnostic. D'un autre côté, c'est pour éviter le reproche qui lui est adressé, c'est par respect pour la tradition, pour des noms séculaires, qu'il a conservé le mot *teigne* comme trait d'union entre les vieilles idées erronées et les idées actuelles qui sont l'expression de la vérité. Naguère encore, qui disait teigne disait maladie incurable. Depuis la découverte de M. Bazin, ce mot n'est plus français. Et d'ailleurs, pourquoi respecter l'erreur et tout ce qu'elle peut engendrer, alors même que c'est un héritage des temps les plus reculés? La spéculation seule peut s'alarmer à l'annonce d'une vérité qui la menace dans sa quiétude ; mais la science, mais la thérapeutique n'y gagnent-elles pas? En tout temps, en toutes choses, en tout lieu, une vérité qui surgit et qui pénètre dans le temple des idoles est toujours la mal venue ; et si elle est assez puissante pour s'y maintenir, elle ne l'est jamais assez pour ne pas se laisser travestir. Il est donc du devoir de celui qui la met au jour, de la répandre avec le plus d'éclat possible ; la science et l'humanité lui en seront reconnaissantes. Sydenham a dit : j'ai dirigé tous mes efforts pour éclairer le traitement des maladies, bien persuadé que celui qui donnerait le moyen de guérir la plus légère affection, mériterait bien mieux de ses semblables, que celui qui se ferait remarquer par l'éclat de ses raisonnements et par ses pompeuses subtilités qui ne servent pas plus au médecin dans la cure des maladies, que la musique à un architecte dans la construction d'un édifice..... (*Sydenham, opera omnia,* t. I, p. 77.)

Pages 5o5 et 5o6. « Et d'ailleurs, est-ce que toutes les maladies du menton sont semblables aux maladies du cuir chevelu, et *vice versâ ?* »

Ici, il faut s'entendre : si un individu porte en même temps des tubercules au menton, des pustules ou des croûtes impétigineuses à la lèvre supérieure, un cercle herpétique au bout du nez, une plaque de teigne tonsurante au cuir chevelu, le tout occasionné par le trichophyton, évidemment ce ne sont pas là quatre maladies différentes, ce sont quatre figures différentes d'une seule et même maladie, voilà tout. Voici une observation à l'appui de ce que j'avance :

Le 27 mars 1857, a été admis au traitement externe de l'hôpital Saint-Louis, le nommé Chatelet (Louis), âgé de 29 ans, cultivateur, demeurant au Gros-Caillou, rue de la Boucherie-des-Invalides, n° 10, atteint de sycosis depuis dix-huit mois, lequel a débuté par des *boutons* sur les parois des fosses nasales. Actuellement, toute la lèvre est rouge, tuméfiée, fongueuse et couverte de croûtes impétigineuses qui remontent jusque dans les fosses nasales. Il porte, à la partie antérieure du cuir chevelu, cinq plaques de deux à trois centimètres de diamètre, plus ou moins circulaires, formées de croûtes sèches, pulvérulentes, grisâtres, mouchetées de points jaunes et traversées de quelques cheveux très-clairsemés, les autres étant rompus au niveau de ces croûtes ou dans leur épaisseur. On observe sur les côtés du menton, près des commissures des lèvres, quelques taches circulaires de un à deux centimètres de diamètre, pityriasiques, où la plupart des poils sont rompus à une petite distance de la peau.

Il a fait usage pendant dix-huit mois de cataplasmes, de pommades de toutes couleurs, les unes plus irritantes que les autres, et cela sans bénéfice aucun.

Au menton, à la lèvre supérieure, et au cuir chevelu, partout nous avons trouvé le trichophyton, par conséquent, le cuir chevelu, la lèvre et le menton ont été soumis à l'épilation au delà des limites du mal ; et aujourd'hui, Chatelet qui est entré au pavillon Saint-Mathieu le 3 avril, en est sorti parfaitement guéri. Des exemples semblables ne sont pas rares, il me suffit d'avoir cité celui qui précède.

Pages 505 et 506. « Ainsi, des deux formes de *favus,* le *favus scutulata* est le seul que l'on voie à la figure comme sur le corps ;

l'herpès tonsurant ne s'observe jamais à la barbe dans les conditions de celui de la tête ; l'herpès circiné ne se voit pas à la tête. »

Erreur, erreur, erreur : le favus lupinosa comme le scutulata, se voit et au cuir chevelu et à la figure et sur le corps ; maintes fois nous l'avons observé soit au dispensaire, soit au pavillon Saint-Mathieu ; je n'ai que l'embarras du choix dans les nombreuses observations que je possède ; mais voici un fait tout récent qui a été observé par plusieurs médecins à la consultation publique de l'hôpital Saint-Louis.

Le 15 mai 1857, a été admis au traitement externe, le nommé Briet (Denis), âgé de 13 ans, né à Douai, demeurant à Saint-Denis, rue de Paris, n° 9; atteint de favus depuis six ans, lequel a débuté par une croûte grisâtre au sommet de la tête. Actuellement, une calotte faveuse, décrite par les auteurs sous le nom de porrigo scutulata, exhalant cette odeur de moisi propre au favus, recouvre toute l'étendue du cuir chevelu. Il porte au sourcil gauche cinq godets isolés de 2 à 4 millimètres de diamètre et un à la joue droite, à deux centimètres à peu près de distance de l'angle externe de l'œil. Ces godets sont parfaitement formés, déprimés au centre, relevés à leurs bords et chacun d'eux traversé par un poil central qui lui sert de pivot.

Briet a régulièrement suivi, pendant toute l'année 1856, le traitement Mahon, à l'hôpital Saint-Louis ; on voit dans quel état il s'est trouvé après la cessation de ce traitement.

Il est évident que Briet porte en même temps les deux formes de favus : le favus scutulata au cuir chevelu et le favus lupinosa ou porrigo favosa à la figure, où selon M. Devergie, il ne se trouverait jamais. M. Devergie, du reste, ne s'accorde pas avec les auteurs sur la signification du mot *scutulata* ou *scutiforme,* qu'il regarde comme synonyme d'*écuelle*. Ce mot dérive de scutum qui signifie bouclier, écu ; ainsi, quand le favus occupe une surface plus ou moins étendue sous forme de croûte continue, il est désigné par les auteurs, en général, sous le nom de favus

scutulata, scutiforme ; c'est-à-dire en forme de bouclier, d'écu.
M. Devergie est le premier qui ait fait intervenir l'*écuelle* et
le *lampion,* comme termes de comparaison dans les diverses
formes qu'affectent les croûtes faveuses.

L'observation, citée plus haut, du nommé Châtelet qui portait en même temps de l'herpès tonsurant à la tête et à la barbe,
est en contradiction avec cette affirmation de M. Devergie qui
veut qu'on ne le trouve jamais dans les mêmes conditions sur
ces deux régions. Il est vrai que ces conditions varient selon
l'âge du sujet ; dans l'enfance, on ne peut le trouver avec tous
les caractères qu'il comporte, qu'au cuir chevelu ; tandis que
dans l'âge adulte, il se présente avec tous ses caractères et à la
barbe et à la tête ; seulement, il est beaucoup plus fréquent à
la barbe qu'à la tête, ce qui tient, selon moi, à l'action du rasoir
qui est un moyen d'inoculation par excellence.

Quant à l'herpès circiné, il se voit très-bien à la tête ; je
l'ai déjà observé plusieurs fois, et si son existence n'a pas encore été signalée au cuir chevelu, c'est que l'herpès étant
couvert par les cheveux passe inaperçu ; ce n'est que lorsqu'il
est arrivé à l'état de *dartre farineuse,* selon l'expression des
malades, que ces derniers le remarquent et qu'ils vont consulter un médecin. En voici un exemple que j'ai observé il n'y
a pas longtemps au dispensaire de l'hôpital Saint-Louis, sur
une jeune fille qui l'a contracté au dispensaire même, à peine
guérie d'une teigne achromateuse qu'elle portait depuis deux
ans et qui avait déterminé la chute des cheveux, des cils et
des sourcils. Elle avait été soignée sans aucun succès, pendant
six mois, par M. Cazenave.

La nommée Morel (Emma), âgée de quatorze ans, née à
Beauvais, demeurant à Paris, rue Buffault, n° 9, se présenta au
dispensaire de l'hôpital Saint-Louis, le 5 mars 1857 ; trouvant
quelques places où les cheveux étaient encore faibles et peu co-
lorés, je les fis extraire de nouveau par l'un des épileurs. Pendant
l'opération Morel reposait sa tête sur les genoux de l'épileur

sur le tablier duquel se trouvaient de la poussière et des cheveux d'enfants affectés de teigne tonsurante qui venaient de subir l'épilation. Le 28 du même mois, Morel revient au dispensaire portant au cuir chevelu douze cercles herpétiques de un à trois centimètres de diamètre, parfaitement circulaires, les uns isolés, les autres se touchant par un point de leur circonférence. Un cercle de même nature, de deux centimètres de diamètre se trouvait à la partie postérieure et supérieure du col. L'épilation fut pratiquée immédiatement et, aujourd'hui, toute trace d'herpès circiné ou tonsurant a disparu. On le voit, les deux formes de favus s'observent au cuir chevelu, à la figure et sur le corps ; l'herpès tonsurant s'observe aussi à la barbe dans les conditions de celui de la tête ; l'herpès circiné s'observe également à la tête ; des pustules et des croûtes impétigineuses se développent par la présence du trichophyton, au cuir chevelu, comme à la face, et les cryptogames qui constituent ce que M. Bazin désigne sous le nom de teignes, sont tous contagieux au même titre. M. Devergie se trompe donc quand il affirme le contraire.

Pages 505 et 506. « Voyez d'ailleurs les conséquences thérapeutiques de ces idées qui conduisent aux assertions suivantes :

« S'il n'y a pas de poils là où la maladie est survenue ? Epilez. Ce n'est pas une plaque d'herpès, ce sont cent, deux cents plaques qui se trouvent sur le corps ? Epilez, lotionnez. Il y a au menton une forme morbide qui fait tomber les poils tout seuls par le frotment des linges, ou à l'aide seul des doigts ? Epilez. Il existe une inflammation très-aiguë du menton qui double et triple son volume, et qui amène la chute des poils, que l'on trouve dans les cataplasmes appliqués dans le but de calmer l'état inflammatoire ? Epilez, lotionnez. Mais la maladie se caractérise essentiellement par la chute des cheveux au point de laisser des surfaces complétement glabres où il n'y a rien à épiler ? Epilez. Mais les cheveux sont tellement cassés, et courts, et friables, qu'on ne peut pas les enlever à la pince ? Epilez.

Dans les assertions qui précèdent et qui appartiennent en entier à M. Devergie, ce savant dermatologiste cherche à s'égayer et à égayer ses lecteurs aux dépens de l'épilation et des idées d'où découle cette méthode de traitement. Avant de se livrer à toutes ces facéties, il aurait dû penser à ce vieux proverbe : *rira bien qui rira le dernier*. Je vais les reprendre une à une et les apprécier à leur juste valeur.

1º « S'il n'y a pas de poils là où la maladie est survenue? »

N'épilez pas, et cela pour trente-six raisons : la première, c'est qu'il n'y a pas de poils. Je me dispense de donner les autres.

2º « Ce n'est pas une plaque d'herpès, ce sont cent, deux cents plaques qui se trouvent sur le corps? Epilez, lotionnez. »

Oui, épilez, lotionnez si les plaques d'herpès se trouvent sur des parties très-velues, vous arrêterez la marche de l'affection et vous préviendrez les diverses complications occasionnées par le trichophyton quand il s'est emparé de la racine des poils. Si l'herpès se trouve sur des parties couvertes d'un léger duvet, n'épilez pas. Comme le trichophyton est superficiellement situé, les frictions parasiticides seront suffisantes pour le détruire; à la rigueur, il peut disparaître de lui-même.

3º « Il y a, au menton, une forme morbide qui fait tomber les poils tout seuls par le frottement des linges ou à l'aide seul des doigts? Epilez.

Oui; épilez, lotionnez si cette forme morbide tient à la présence du trichophyton (ce qui est très-fréquent); car, malgré la chute des poils occasionnée par le frottement des linges, il en reste encore assez, et ce, pendant des années, pour que le malade éprouve des douleurs aiguës, lancinantes, qui ne lui laissent ni paix ni trève, et vous verrez ces douleurs disparaître aussitôt l'épilation terminée.

4° « Il existe une inflammation très-aiguë du menton qui double et triple son volume, et qui amène la chute des poils, que l'on trouve dans les cataplasmes appliqués dans le but de calmer l'état inflammatoire ? Epilez, lotionnez. »

Oui, épilez, lotionnez si encore vous constatez l'existence du trichophyton ; le malade obtiendra, en quelques instants, un bien être et une amélioration que tous les cataplasmes du monde ne sauraient lui donner.

5° « Mais la maladie se caractérise essentiellement par la chute des cheveux, au point de laisser des surfaces complétement glabres où il n'y a plus rien à épiler ? Epilez. »

Oui, épilez, lotionnez si ces surfaces glabres ne sont pas des cicatrices, où effectivement il n'y aurait rien à épiler ; mais bien si elles sont produites par le miscroporon Audouini ; car alors, les cheveux sont remplacés par uu duvet plus ou moins développé, presque incolore, mais enfin pouvant s'arracher, et vous verrez à la suite des épilat'ons, de beaux cheveux se reproduire, ayant leur coloration primitive.

6° « Mais les cheveux sont tellement cassés et courts et friables, qu'on ne peut pas les enlever à la pince ? Epilez. »

Oui, épilez au delà des limites du mal pour le circonscrire et l'empêcher de s'étendre ; épilez sur la plaque elle-même les cheveux entiers qui peuvent s'y trouver, détachez avec la pince tout ce qu'elle pourra saisir, de façon à bien nettoyer la peau, lotionnez, vous détruirez ainsi tout le champignon épidermique ; les poils rompus, s'allongeant, de moins en moins friables, finiront par se laisser arracher et vous obtiendrez la guérison dans un temps relativement court, en prévenant des complications qui ne sont que trop fréquentes, telles que, inflammation profonde, formation de pustules, d'abcès, d'engorgements sympathiques, etc., etc.

Page 507. « Enfin, il est aussi de notre devoir de reporter à M. Baerensprung, et avant lui à M. Lebert, mais qui ne l'avait fait qu'entrevoir, l'honneur d'avoir prouvé que dans l'herpès circiné des parties du corps non recouvertes de cheveux ou de poils, il existe souvent un cryptogame qui n'est autre que le trichophyton de l'herpès tonsurant, et qu'avant eux, que nous sachions, M. Bazin n'avait énoncé aucun fait qui dût lui rattacher cette découverte. M. Bazin regarde l'herpès tonsurant comme une maladie différente de l'herpès circiné, mais qui peut précéder son développement ou en être indépendant. »

Je demande la permission à M. Devergie de substituer le nom de M. Bazin à celui de M. Baerensprung, afin que le tribut d'éloges qu'il donne à la découverte du trichophyton dans l'herpès circiné, arrive à sa véritable adresse. Voici ce que disait M. Bazin en 1854 : « J'ai dernièrement encore examiné au microscope quelques poils extraits d'anneaux herpétiques, circulaires, concentriques, qu'une jeune fille, qui s'est présentée à la consultation de l'hôpital Saint-Louis, portait sur l'avant bras : il y avait sur ces poils des traces non équivoques de trichophyton tonsurant. (*Considérations générales sur la mentagre, etc., etc.*, page 23, ligne 5, 1854).

Or, la prétendue découverte de M. de Baerensprung a été publiée en France pour la première fois, dans la gazette hebdomadaire du 25 avril et du 2 mai 1856, il suffit de mettre ces dates en rapport pour lever toute espèce de doute à l'endroit de la priorité de la découverte qui est en litige ; et M. Devergie me saura gré de lui fournir l'occasion de rendre justice à son habile et savant confrère de l'hôpital Saint-Louis.

Quant à la non identité de l'herpès tonsurant et de l'herpès circiné, admise par M. Bazin, selon M. Devergie, il me suffira encore, pour édifier le public à cet égard, de citer le passage suivant : « Frappé de ce fait d'observation, comme les auteurs dont je viens de parler, que tantôt l'herpès est contagieux, que tantôt il ne l'est pas, et ne possédant pas encore l'explication très-naturelle de ce fait, j'avais cru, moi aussi, à l'existence d'un herpès circiné simple que je n'admets plus aujourd'hui. Tout herpès circiné est maintenant, pour moi, le signe de la germination du trichophyton. (Bazin. *Cours de séméiotique cutanée*, page 105, ligne 34, 1856. Leçons cliniques de 1855.)

Page 511. « Microsporon Audouini (Gruby). Cette espèce a été constatée dans le porrigo décalvans par Gruby. On vient de voir plus haut que suivant MM. Legendre et Bazin, ce serait le trichophyton que l'on rencontrerait dans cette maladie. »

Encore une erreur. M. Bazin n'a jamais, ni dans ses leçons ni dans ses écrits, admis l'existence du trichophyton dans le porrigo decalvans. Le trichophyton ne se trouve que dans les affections désignées sous les noms de : herpès circiné, disques érythémateux, pityriasis alba qui succède à l'herpès circiné ou aux disques érythémateux, certains lichens circonscrits de la partie dorsale des avant-bras, des mains, etc., certains intertrigo, teigne tonsurante, sycosis quelle que soit sa forme, pityriasique, pustuleuse, impétigineuse, tuberculeuse, etc., lésions variées qui procèdent toutes de la même cause, qui peuvent se développer sur un point quelconque du tégument externe, y compris les ongles, et qui diffèrent entre elles selon l'âge du champignon, selon son siége, selon la texture de la peau et selon le nombre et le développement des poils. Si la constitution du sujet est pour quelque chose dans l'aptitude à contracter le parasite végétal et dans les complications qui l'accompagnent, elle n'est pour rien dans la diversité des phénomènes propres à la germination de ce parasite.

Page 518. « C'est donc aussi avec regret que nous voyons notre honorable collègue, M. Bazin, comprendre dans la dénomination de teigne toutes les maladies parasitaires du cuir chevelu et de la barbe, en se fondant sur ce fait que, dans ces maladies, il existe une production végétale comme dans la teigne. Cette raison de pathogénie a sa valeur : mais il y a sous le rapport de la cause, du traitement, de la durée relative de ces maladies, et des difficultés qu'elles offrent pour leur guérison, des différences si grandes, que c'est jeter sans nécessité une perturbation dans la science, préjudiciable à ses intérêts, et par conséquent aussi à ceux de l'étude et de la pratique médicale, sans bénéfice aucun pour la pathologie et la thérapeutique. Or, déjà le diagnostic des maladies de la peau est assez difficile, sans venir jeter une perturbation profonde dans les noms qui les désignent.

Je m'inscris en faux contre le jugement porté par M. Devergie dans les lignes qui précèdent. Ainsi, loin d'admettre que M. Bazin ait jeté la perturbation dans la science, et qu'il ait rendu l'étude et le diagnostic des affections de la peau déjà si difficiles, plus difficiles encore, je soutiens, au contraire, qu'il en a éclairé l'étiologie et que le traitement qu'il a établi, et qui découle de la nature et du siége de la maladie, est rationnel et ne donne jamais de mécompte ; en effet, les lésions produites par les parasites végétaux sont si variées qu'on les trouve dispersées dans les classifications et accolées aux affections les plus disparates quant à leur nature, et qui demandent les traitements les plus opposés ; ainsi, on les trouve dans les vésicules, dans les squames, dans les pustules, dans les tubercules, dans les taches syphilitiques, etc., etc. A l'exemple de M. Devergie je puis m'écrier, mais dans un autre sens : quelle confusion ! quelles difficultés pour asseoir un diagnostic ! quel embarras pour établir un traitement ! que de méprises au détriment des malades (1) ! enfin que de maladies diverses qui, en définitive,

(1) Dans le courant de janvier 1857, le nommé Pautrat (François), âgé de 47 ans, perruquier, se présenta à la consultation de l'hôpital Saint-Louis, où l'un des médecins le plus en renom de cet hôpital crut reconnaître sur le front et les sourcils de cet individu une affection de nature syphilitique, et prescrivit les pilules de proto-iodure de mercure. Quelque temps après, Pautrat vint consulter M. Hardy qui, plus clairvoyant, reconnut l'herpès circiné parasitaire, et l'envoya dans le service de M. Bazin. Le diagnostic porté par M. Hardy ayant

ne sont que des complications variées occasionnées par la germination du parasite végétal. Je sais bien que M. Devergie ne considère ces parasites que comme l'effet, la conséquence d'une maladie indéterminée ; mais quelle que soit la part qui appartienne à la constitution dans la production des parasites végétaux, l'expérience est là qui nous prouve tous les jours qu'un traitement général susceptible de modifier cette constitution, ne peut rien contre certains de ces parasites. A-t-on jamais vu le favus du cuir chevelu sur un scrofuleux disparaître sous l'influence du traitement anti-scrofuleux ? Non, jamais. Rien de plus facile cependant, aujourd'hui, que d'obtenir la guérison de cette hideuse maladie, par le traitement local seul, institué par M. Bazin. Ce qui est vrai de l'achorion est également vrai du trichophyton et du microsporon Audouini, parce que tous les trois procèdent de la même façon et qu'ils occupent le même siége. En détachant une à une toutes ces lésions disséminées dans tous les cadres nosographiques, regardées par les auteurs comme autant de maladies distinctes, et, en les rattachant à l'unité pathologique, M. Bazin a porté la lumière là où il n'y avait qu'obscurité ; l'ordre, là où il n'y avait que désordre et confusion ; il a établi d'une manière claire et certaine les moyens de diagnostic, et, partant, une thérapeutique infaillible. Ce ne sont pas là des idées basées sur une théorie plus ou moins obscure ; c'est l'expérience, confirmée par une longue pratique, qui est encore à nous donner un démenti.

Page 521. « Pourquoi faut-il, si nous en croyons les doctrines émises par M. Cramoisy dans sa thèse pour le doctorat (1856) et qui ne seraient que celles de M. Bazin, son maître, que l'on revienne en partie à ces idées passées en considérant les pustules comme un troisième degré, comme une troisième période d'évolution du tri-

été maintenu par M. Bazin et confirmé par l'examen microscopique, on pratiqua l'épilation sur les parties affectées, et le malade ne tarda pas à sortir radicalement guéri.

chophyton à l'égard de plusieurs maladies à productions végétales, alors que l'achorion n'engendrerait pas les pustules de cette dernière maladie.

M. Devergie s'est fait une idée fausse, touchant les trois périodes établies par M. Bazin, dans la marche du trichophyton ; de plus, il commet une erreur quand il avance que l'achorion n'engendre jamais de pustules. Et d'abord, la pustule n'est pas considérée par M. Bazin comme une troisième période d'évolution du trichophyton. La germination de ce parasite est généralement suivie de trois phénomènes tellement saillants : herpès circiné, pityriasis alba, et pustules, que tous les dermatologistes, je le répète, en ont fait trois maladies différentes. C'est à la succession de ces trois phénomènes que s'applique le mot période, pour bien faire comprendre que ce ne sont que des symptômes d'une seule et même maladie ; c'est-à-dire, de l'existence du trichophyton. Quant au cryptogame il ne subit aucune transformation ; seulement, il diffère de lui-même selon l'âge, comme tout végétal diffère de lui-même à partir de son état de germe, jusqu'à son état de développement complet.

Mais comment peut-il se faire que le trichophyton produise tantôt une simple rougeur, tantôt une surface couverte d'une poussière ou d'une croûte grisâtres, tantôt des pustules, des indurations et même des abcès ? Voici l'explication toute simple et bien facile à comprendre ; lorsque les spores sont déposées sur la peau et qu'elles se trouvent dans des conditions propres à leur germination, l'irritation qu'elles produisent est superficielle, de là, cette rougeur linéaire, en cercle ou en disque, appelée herpès circiné ou disque érythémateux. Plus tard, le cryptogame a pris du développement, de petites écailles épidermiques ont été soulevées, les poils attaqués se sont brisés, de là le pityriasis alba qui n'est autre chose qu'un mélange de petites squames épidermiques et de cryptogame, de là ces croûtes pulvérulentes, grisâtres, de là ces tonsures dont la couleur varie selon la couleur normale des cheveux. Plus tard, encore, le cryptogame pénètre jusque dans les bulbes des poils, de là une inflammation profonde de la peau, de là des pustules, des indurations, des abcès. Il est donc vrai que M. Devergie a tort d'accuser M. Bazin de revenir aux idées passées et de porter la perturbation dans la science, alors qu'il a émis des idées toutes neuves, inconnues avant lui ; et que par l'ordre et la lumière qu'il a apportés dans ces questions de pathologie il est arrivé à guérir des maladies qu'on ne guérissait pas, quoiqu'en puisse dire M. Devergie. Enfin, M. Devergie avance que l'achorion n'engendre pas de pustules. J'ai dit c'est une erreur ; l'irritation produite par ce cryptogame, dans les profondeurs du conduit pilifère, enflamme la peau tout comme le trichophyton et de même que ce dernier, il provoque la formation de pustules ; c'est un fait d'observation qui se vérifie tous les jours au pavillon Saint-Mathieu et au dispensaire de l'hôpital Saint-Louis, alors qu'on ne fait usage d'aucun topique susceptible de provoquer le développement de ces pustules. Du reste, l'habitude extérieure de chacun des champignons qui constituent les teignes, indique, en général, à coup sûr, sans le secours du microscope, à quel genre ils appartiennent. Ainsi :

L'achorion schœnleinii (teigne faveuse) se montre toujours sous forme de croûtes jaunes, informes, granuleuses ou artistement arrangées en forme de cupule ou de godet. Il est très-irritant ; il enflamme vivement la peau ; les cheveux se détachent, ils tombent et ne se brisent pas.

Le trichophyton (teigne tonsurante) produit l'herpès circiné, du pityriasis alba, des pustules, des indurations, il est très-irritant, il enflamme vivement la peau ; il altère tellement les cheveux, dans la plupart des cas, qu'ils se brisent et qu'ils ne s'arrachent pas. Quelquefois il produit des croûtes qui peuvent êtres confondues avec certaines croûtes faveuses.

Le microsporon Audouini (teigne achromateuse, teigne

décalvante) ne laisse d'autres traces de son existence que la chute complète des cheveux par places plus ou moins irrégulières ; la peau est ou paraît dénudée ; elle est lisse au toucher, quelquefois décolorée : pas d'inflammation, pas de squames après la chute des cheveux, pas de pustules, pas de croûtes.... en général, comme je l'ai dit plus haut, ces indications suffisent pour établir immédiatement le diagnostic différentiel des teignes.

Page 527. « Notre collègue M. Bazin rattache essentiellement la teigne à l'existence des poils, et il va si loin à cet égard qu'il déclare qu'il ne peut pas se montrer de favus là où il n'y a pas de poils. »

Ce que dit là M. Devergie est inexact. Voici comment s'exprime M. Bazin : « J'ai cru longtemps que le favus tirait constamment son origine du follicule pileux ; c'est une erreur. Des expériences directes m'ont appris que le favus pouvait se développer à la surface de la peau, sous la couche superficielle de l'épiderme. . . . .
Il résulte de là que, par rapport au siége, on doit admettre trois sortes de favus : 1° le favus épidermique ; 2° le favus pileux ; 3° le favus unguéal. » (Bazin, *Cours de séméiotique cutanée,* pages 100 et 101.)

Toute observation devient inutile. En comparant les deux citations qui précèdent, il sera facile au lecteur de voir ce qu'il y a de vrai dans l'affirmation de M. Devergie.

Pages 535 et 536. « En juillet 1853, est entré au pavillon Saint-Mathieu, à l'hôpital Saint-Louis (service de M. Bazin), un paysan faisant métier dans son village de guérir la teigne..... Il pratiquait surtout l'épilation avec une incroyable habileté..... Ce fut pour notre collègue l'origine d'un travail raisonné sur la teigne..... »

M. Devergie se trompe. Ce n'est ni un caprice, ni l'esprit d'imitation qui ont porté M. Bazin à préconiser l'épilation dans

2.

la teigne comme seul moyen de guérison. La découverte de
l'existence des champignons dans les parties les plus profondes
des racines des poils, nous a immédiatement fait comprendre
quelle devait être la valeur de l'arrachement des poils dans la
curation des teignes ; et elle nous a aussi donné l'explication
des résultats obtenus par l'emploi de la calotte et par le procédé des frères Mahon. Bien convaincus, dès-lors, que par
l'épilation nous devions obtenir la guérison de ces affections
qui, de tout temps, ont fait le désespoir de la médecine, nous
nous sommes mis à l'œuvre, M. Bazin et moi. Mais une diffi-
culté se présenta tout d'abord : quel moyen employer pour
arriver au but que nous nous étions proposé?

Nous avions les pommades, les pâtes, les poudres, même
celles des frères Mahon, réputées dépilatoires ; nous avons tout
essayé, mais en vain.

Nous avions la calotte : nous l'avons repoussée comme moyen
barbare, susceptible de produire de graves accidents ; la
science en a consigné bon nombre. L'épilation d'ailleurs est
toujours incomplète, même avec la calotte partielle, c'est-à-
dire les bandelettes.

Nous avions le procédé des frères Mahon, ou l'épilation au
moyen des doigts : ce procédé est défectueux ; on ne peut
arracher ainsi que les cheveux qu'une inflammation profonde
de la peau a ébranlés et qui se détachent à la moindre traction ;
mais les poils follets, les cheveux brisés, les cheveux qui
couvrent des parties peu enflammées et qui adhèrent assez for-
tement à la peau, ne sauraient être arrachés avec les doigts,
du moins sans de très-grandes difficultés. Vu son imperfection
et le long terme pour arriver à la guérison, nous ne nous
sommes pas arrêtés à ce procédé.

Enfin, nous avions la pince : croyant reconnaître à cet ins-
trument toutes les qualités voulues pour pratiquer l'épilation
telle que nous la comprenions, nous lui avons donné la préférence
sur tous les autres moyens connus. C'est en suivant cet ordre

d'idées, que nous avons commencé dans les premiers jours de janvier 1852, M. Bazin et moi, à épiler les teigneux au pavillon Saint-Mathieu. Ce n'est donc pas le paysan dont parle M. Devergie qui a pu donner l'idée de l'épilation en janvier 1852, alors qu'il n'est entré dans le service de M. Bazin qu'en juillet 1853 ; cela est si vrai, que la plupart des observations qui se trouvent dans la brochure où M. Devergie a, inexactement, puisé l'historique de ce paysan, portent la date de 1852. Nous nous sommes livrés à cette pratique pendant plus de six mois, et ce ne fut qu'après la constatation des guérisons radicales que nous formâmes des épileurs qui, aujourd'hui s'acquittent merveilleusement de leurs fonctions. Ceci n'est qu'une faute d'*inattention ;* M. Devergie n'a pris garde ni à l'année, ni au quantième du mois.

Page 538. « Et d'abord, il faut établir une distinction entre les espèces de favus, ainsi que dans l'époque de leur développement. Le favus scutulata, celui qui affecte à la fois le cuir chevelu et la peau, soit de la face, etc., etc., est très-facilement curable. Quand il est récent, il suffit de quelques bains, d'applications émollientes, etc., etc., pour en opérer la guérison. Si quelques points résistent, on cautérise la surface malade avec un pinceau imprégné d'une solution de nitrate d'argent au dixième, et il est rare de ne pas voir céder le mal. »

Cette distinction entre les espèces de favus n'est pas possible, vu qu'il n'y en a qu'une. Il n'y a qu'un favus, c'est l'achorion schœnleinii, il n'y en a pas d'autre. Ce que M. Devergie entend par espèces différentes, n'est autre chose qu'une différence de forme qu'affecte le favus dans sa manifestation extérieure, différence de forme qui est tout accidentelle et qui ne tient nullement à une variété d'espèces. Rien de plus facile que la démonstration de ce fait. M. Devergie pourra, quand il le voudra, transformer le *favus scutulata* du cuir chevelu, par exemple, en favus lupinosa, *et vice versâ.* S'il s'agit du *favus scutulata,* il suffit de faire tomber les croûtes, de pratiquer une épilation incomplète et d'attendre patiemment la réapparition du favus, en s'abstenant de toute manœuvre sur la tête du teigneux ; au lieu d'une croûte couvrant toute une surface, on ne verra apparaître que des godets parfaitement dessinés ; on aura le *favus lupinosa.* Qu'on respecte ces godets, ils vont s'accroître, se multiplier, se rapprocher les uns des autres, se déformer les uns par les autres, de façon à ne plus former qu'une croûte plus ou moins unie, plus ou moins anfractueuse, couvrant toute une surface, et on aura de nouveau le *favus scutulata.* Ce n'est donc que la forme de la croûte faveuse qui change selon certaines circonstances ; quant au favus lui-même, il n'a pas d'espèces ; il n'y a que l'achorion. S'il n'y a pas d'espèces, si le favus est toujours le même, s'il est toujours un, comment peut-il se faire que M. Devergie guérisse très-facilement, par les cataplasmes, par l'eau sulfureuse, par le nitrate d'argent, etc., le *favus scutulata,* et qu'il ne puisse pas guérir par les mêmes moyens, le *favus lupinosa* qui, je le répète, ne diffère en rien du *scutulata ?* Il est difficile de concilier ces deux propositions dont l'une est la négation de l'autre.

Notre expérience, à nous, diffère du tout au tout, d'avec l'expérience de M. Devergie. Quelle que fut la forme des croûtes faveuses, nous n'avons jamais pu obtenir la guérison du favus par l'emploi seul des topiques, si ce n'est dans le favus superficiel, épidermique ; tandis que l'épilation suivie de lotions parasiticides triomphe toujours de cette maladie, quelle que soit la forme des croûtes. Une des causes qui modifie souvent l'aspect, la forme de la croûte faveuse, c'est l'état idiosyncrasique, diathésique du malade même, la germination du champignon étant suivie de complications qui se rattachent à cet état particulier ; mais ces complications, je le dis encore, ne peuvent nullement constituer des espèces de favus. Quant aux difficultés qui se rencontrent quelquefois et qui peuvent retarder la guérison, elles rentrent dans l'ordre des complications que je viens d'indiquer et n'appartiennent pas au favus lui-même. Du reste, ces difficultés n'existeraient jamais si les médecins le voulaient ; et je dis plus, c'est que toutes les affections appelées teignes par M. Bazin, mais surtout le favus, seraient guéries dans quelques minutes, ou dans quelques jours au plus tard. Il faudrait, pour cela, que les teignes ne fussent pas confondues comme elles le sont tous les jours, avec d'autres affections qui ne sont pas des teignes, et qu'on ne perdît pas son temps avec les cataplasmes et les pommades, toutes choses qui ne guérissent pas la teigne, et qui ne l'empêchent pas de s'étendre en profondeur et en superficie. Quelques explications sont nécessaires pour que mon assertion ne passe pas pour un paradoxe. La teigne débute toujours sur un ou sur quelques points très-limités, et jamais sur toute l'étendue du cuir chevelu à la fois. Si à son début elle était prise pour ce qu'elle est, et non pour ce qu'elle n'est pas, en arrachant, ce qui peut être facilement fait par tout le monde, le peu de cheveux qui couvrent le point où les quelques points affectés, on arrêterait immédiatement la marche de la maladie et peut-être même arriverait-on du premier coup à la guérison. Je vais par quelques faits recueillis au traitement externe de l'hôpital Saint-Louis, confirmer ce que j'avance.

Le 16 mars 1854. Dufour (Léon), âgé de 6 mois. Deux godets à la partie postérieure de la tête. Guéri dans une seule séance, le 16 mars 1854.

9 décembre 1854. Laporte (Julie), âgée de 10 ans. Un godet au sommet de la tête. Guérie dans une seule séance, le 9 décembre 1854.

8 février 1855. Thuillard (Henri), âgé de 8 ans. Cinq petites croûtes faveuses au cuir chevelu. Guéri dans trois séances, du 10 au 27 février 1855.

23 mars 1855. Desforges (Auguste), âgé de 2 ans. Une croûte faveuse de 2 centimètres de diamètre, au sommet de la

tête. Guéri dans deux séances, le 24 mars et le 14 avril 1855.

30 mars 1855. Hubert (Alfred), âgé de 6 ans. Quatre petits godets au cuir chevelu. Guéri dans une seule séance, le 31 mars 1855.

27 avril 1855. Tourner (Louise), âgée de 5 ans. Six petits godets au cuir chevelu. Guérie dans deux séances, le 28 avril et le 15 mai 1855.

10 juillet 1855. Daumont (Alfred), âgé de 5 ans. Cinq petites croûtes faveuses au cuir chevelu. Guéri dans deux séances, le 10 et le 17 juillet 1855.

Je pourrais aller plus loin dans mes citations ; car je possède bon nombre de faits semblables ou à peu près semblables, soit de teigne faveuse, soit de teigne tonsurante, et quelques-uns de teigne achromateuse ou décalvante ; mais ceux que je donne me paraissent suffisants pour lever toute espèce de doute sur la possibilité de guérir, presque instantanément, les teignes à leur début, quel que soit l'âge, le sexe, le tempérament, la constitution du sujet.

Page 54r. « En résumé, depuis que j'ai expérimenté l'épilation dans le traitement de la teigne, je puis dire qu'elle est un moyen puissant d'abréger la durée du traitement de cette maladie, et que cette pratique de Samuel Plumbe, oubliée d'abord, renouvelée depuis par M. Bazin, est appelée à rendre de grands services dans cette affection. »

L'épilation, suivie des applications parasiticides dans le traitement de la teigne, n'est pas un moyen puissant d'abréger la durée du traitement, c'est le seul moyen d'obtenir la guérison ; sans épilation, pas de guérison possible. Quant à cette pratique qu'il fait remonter à Samuel Plumbe, M. Devergie pouvait la faire remonter encore plus loin ; elle était conseillée lorsque la teigne n'occupait qu'un espace très-limité ; quand elle était largement étendue, on avait recours à la calotte. Ambroise Paré dit : « Si l'on void la racine du poil estre pourrie, on les doit arracher auec pincettes : et si telle corruption côprenait tout ou grande partie de la teste, pour plus et promptemêt les arracher, faut prendre des pièces de fustaine, et espandre sus l'endroit velu vn tel remède : ℞ : picis nigræ, picis resinæ, etc., etc. (Ambroise Paré, *De la teigne,* ch. ii, p. 587 et 588).

A cette époque, comme aujourd'hui, les remèdes pour guérir la teigne ne manquaient pas ; mais, en définitive, on en arrivait toujours à la calotte, dont l'action curative pouvait, jusqu'à un certain point, se comprendre et s'expliquer par les éléments qui entraient dans sa confection. La teigne étant regardée comme un simple phénomène, comme une complication d'un état pathologique diversement expliqué suivant le règne des doctrines médicales, la pince dont l'emploi était conseillé sans trop savoir pourquoi, est tombée dans l'oubli, et cela devait être. Pourquoi M. Devergie, au lieu de perdre son temps et ses malades à composer des pommades, ne s'est-il jamais servi de la pince, préconisée par Samuel Plumbe ? Parce qu'il n'en comprenait pas plus l'utilité, le but, que Samuel Plumbe lui-même, et qu'il ne pouvait pas les comprendre. Ce n'est qu'en 1852 que la lumière s'est faite ; jusquelà, ce n'était qu'un chaos où sont venus se perdre d'innombrables victimes. Ainsi, l'honneur, le mérite d'avoir démontré le premier le siége de la teigne, sa vraie nature, et par conséquent la nécessité de la pince, appartiennent à M. Bazin. Certes, avant M. Bazin la teigne était connue, les remèdes propres à guérir la teigne étaient connus, la pince était connue ; mais de quelle utilité toutes ces connaissances étaient-elles pour la curation de la teigne ? D'aucune. En dehors de la calotte, je soutiens qu'on n'avait jamais guéri la teigne avant le système et la méthode établis par M. Bazin, et M. Devergie, lui-même, le reconnaît implicitement quand il dit :

Page 537. « Néanmoins, nous n'hésitons pas à le dire, la méthode de M. Bazin est la meilleure et la plus sûre. »

Je ne puis m'empêcher ici de faire une remarque. La conclusion où tombe forcément M. Devergie n'est guère le complément de ses prémisses. Après avoir reproché à M. Bazin de bouleverser la science, de tout détruire sans rien mettre à la place, de rendre impossible le diagnostic des maladies de la peau et la thérapeutique, de prêcher l'erreur et le désordre, il reconnaît une méthode de M. Bazin qu'il dit être *la meilleure et la plus sûre*. Mais s'il en est ainsi, les idées qui ont enfanté cette méthode ne peuvent être aussi que les meilleures et les plus sûres. Quoiqu'il en soit, je prends acte de cette conclusion parce qu'elle est vraie.

Page 552. « Ce que nous pouvons affirmer, c'est que dans la généralité des cas d'impétigo sycosiforme, d'eczéma, d'impétigo, de sycosis tuberculeux ou pustuleux, il n'y a pas de champignon ; que la chute des poils dans cette maladie est moins une conséquence du champignon *parasitaire* que de l'inflammation pustuleuse ou tuberculeuse de la peau, à laquelle vient se joindre l'inflammation du bulbe du poil ; que dans le sycosis, l'épilation se fait naturellement, et qu'il n'est presque jamais, pour ne pas dire jamais, nécessaire de l'opérer artificiellement. »

Suit une observation d'impétigo sycosiforme, où M. Devergie a fait usage de l'épilation, et qu'il donne comme preuve de l'inutilité de cette opération. Je ne la transcris point, parce qu'elle ne prouve rien, si ce n'est que l'épilation a été mal faite.

Après avoir passé en revue, dans le paragraphe qui précède, toutes les formes de sycosis, M. Devergie affirme qu'il n'y a pas de champignon ; et un peu plus haut, dans la même page, il affirme le contraire ; il dit que, comme M. Bazin, il n'a trouvé dans le sycosis que le *trichophyton*. Ceci devient un peu embarrassant : cependant s'il s'accorde sur ce point avec M. Bazin, il

ne peut pas nier l'existence du parasite dans le sycosis tuberculeux ou pustuleux, puisque c'est, justement, à cette période
de la mentagre que M. Bazin a démontré que le microsporon
mentagrophytès de M. Gruby, n'était autre que le trichophyton
tonsurant. Encore une contradiction que je ne fais que signaler,
reconnaissant mon impuissance à mettre M. Devergie d'accord
avec M. Devergie lui-même. Maintenant, si la chute des poils
dans cette maladie est une conséquence de l'inflammation
pustuleuse ou tuberculeuse de la peau, il n'en est pas moins
vrai que c'est le champignon qui est la cause première, déter
minante de l'inflammation de la peau et de la chute des poils,
chute qui n'est que partielle et nullement curative, à moins
que les poils ne soient détruits et qu'ils ne repoussent plus ;
mais toujours ou presque toujours ils se reproduisent affectés
de parasite et perpétuent ainsi le sycosis. Voilà pourquoi l'épilation, telle qu'elle a été conseillée par M. Bazin, est indis-
pensable pour la curation du sycosis, et voilà aussi pourquoi
tous les autres moyens, sans exception, employés en dehors de
l'épilation, sont d'une inutilité complète et ne servent souvent
qu'à aggraver la position du malade.

Un mot, sur l'épilation : quand une surface a été épilée une première fois, la lèvre supérieure, par exemple, il ne faut pas croire
que l'épilation soit complète, qu'on ait tout arraché. Si l'on regarde en face la partie épilée, elle paraît nette, on ne voit plus de
poils ; mais si l'on regarde avec la loupe, ou de profil, on aperçoit
une quantité innombrable de petits poils presque incolores qui
ont échappé à la pince et qui sont une cause incessante de
reproduction de l'affection. L'épilation doit être renouvelée
jusqu'à ce qu'il ne reste plus un poil malade, ni grand, ni
petit ; à cette condition seulement on obtiendra la guérison.
Une autre cause de reproduction du sycosis, à la lèvre supérieure surtout, c'est l'existence du champignon dans les parois
des fosses nasales. Si on n'a pas soin d'arracher les poils du
nez, opération longue et difficile qui éloigne toujours la gué-

rison, l'affection ne tarde pas à se reproduire. M. Devergie, pour prouver l'inutilité de l'épilation dans le sycosis, cite un cas d'insuccès ; on voit, d'après ce que je viens de dire sur l'épilation à quoi peut tenir cet insuccès ; pour nous, nous n'en avons jamais. A mon tour, je vais, par quelques citations, démontrer que M. Devergie est dans l'erreur quand il avance qu'il guérit toujours le sycosis par l'emploi de pommades et de caustiques, et qu'il proscrit l'épilation comme une chose vaine, incapable de rendre le moindre service dans le traitement du sycosis.

Le 15 décembre 1854, est entré à l'hôpital Saint-Louis, dans le service de M. Devergie, le nommé Rousseau (Pierre), âgé de 26 ans, tourneur en bois, demeurant rue Mouffetard, n° 249 ; atteint de sycosis dans toute la barbe, il en est sorti le 15 mars 1855, son affection n'étant nullement modifiée. Pendant ces trois mois de séjour dans le service de M. Devergie, toute la surface affectée fut cautérisée à diverses reprises soit par le chlorure d'or, soit par une solution concentrée de nitrate d'argent.

Le 18 mars 1855, Rousseau rentre à l'hôpital Saint-Louis dans le service de M. Hardy, où il subit deux épilations incomplètes de la barbe. L'inflammation de la peau ayant persisté et les pustules s'étant reproduites, M. Hardy eut recours à l'emploi du bi-iodure de mercure. Légèrement amélioré, Rousseau sortit le 14 août suivant.

Enfin, le 24 août, dix jours après sa sortie des salles de M. Hardy, Rousseau rentre encore à l'hôpital Saint-Louis, cette fois, dans le service de M. Bazin. La peau occupée par la barbe est rouge, indurée, surtout à la lèvre supérieure ; elle est parsemée de groupes de pustules. Chaque pustule est traversée à son centre par un poil ; pas de croûtes impétigineuses ; légère desquamation grisâtre sur quelques parties où il n'y a pas de pustules ; arrêt de l'affection nettement limitée à la partie supérieure du col, par une ligne courbe, saillante, rouge, herpétique. Vives démangeaisons, douleurs pongitives, engorgement des ganglions sus-hyoïdiens. Trois ans avant d'entrer dans le service de M. Devergie, cette affection avait débuté à la lèvre supérieure par une *dartre* farineuse de la largeur d'une pièce de cinquante centimes, alors qu'il était soldat en Afrique. Bientôt se formèrent de petites pustules qui, plus tard, firent place à des croûtes. Peu à peu l'affection envahit toute la moustache, s'étendit au menton et ainsi successivement à toute la barbe. Les chirurgiens militaires, après avoir inutilement épuisé toutes leurs ressources thérapeutiques, l'envoyèrent aux Pyrénées, prendre les eaux de Barèges, qui ne produisirent pas de meilleurs résultats que les autres moyens employés jusque-là ; et en fin de compte, Rousseau fut réformé comme atteint d'une maladie incurable.

Entré le 24 août au pavillon Saint-Mathieu, le 25, l'épilation fut pratiquée sur toute la lèvre supérieure ; le 28, sur tout le menton ; le 31, sur les deux joues. L'épilation ayant été renouvelée et méthodiquement faite jusqu'à parfaite guérison, Rousseau quitta le pavillon Saint-Mathieu vers la fin de décembre, quatre mois après son entrée. Depuis cette époque la guérison ne s'est pas démentie ; et M. Devergie peut s'en convaincre, car Rousseau est toujours à l'hôpital Saint-Louis, faisant partie des employés de cet établissement ; sa barbe s'est reproduite, et sa figure n'offre plus la moindre trace de cette affection tenace qui lui a valu un congé de réforme, qui a résisté pendant des années à tous les traitements, même à celui de M. Devergie et qui a si vite cédé à l'épilation suivie de lotions parasiticides. C'était, cependant, un de ces cas où, selon M. Devergie, *les poils tombent tout seuls par le frottement des linges, ou à l'aide seul des doigts ; ou bien qu'on trouve dans les cataplasmes appliqués dans le but de calmer l'état inflammatoire.* Que deviennent devant cette observation, les assertions plaisantes de M. Devergie, touchant l'épilation dans le sycosis? Je laisse au lecteur le soin de cette appréciation. Je ne m'en tiendrai pas à ce fait seul; cependant, quoique j'en aie un assez grand nombre, je ne le ferai suivre que de trois ou quatre seulement :

1° Boucher, Jean-Baptiste, âgé de 51 ans, serrurier, rue de l'Asile, n° 8, atteint de mentagre depuis quinze ans, admis au traitement externe de l'hôpital Saint-Louis le 9 décembre 1853, guéri par l'épilation. Dix ans avant son admission au traitement externe, il était resté dix mois dans le service de M. Devergie, d'où il sortit non guéri.

2° Marmagne, Alexandre, âgé de vingt-cinq ans, commis dans la nouveauté, admis au traitement externe le 6 avril 1855, atteint de mentagre depuis dix-huit mois, guéri par l'épilation. Le 23 novembre 1854, il était entré à l'hôpital Saint-Louis, dans le service de M. Devergie, d'où il sortit plusieurs mois après, non guéri.

3° Arnault, Louis, âgé de cinquante-et-un ans, tailleur d'habits, rue Gervais-Laurent, n° 1, admis au traitement externe le 20 avril 1855, atteint de mentagre depuis huit mois; guéri par l'épilation. Le 18 janvier 1855, il était entré dans le service de M. Devergie, où il était resté quatre-vingt-cinq jours. Sorti non guéri.

4° Caillet, Michel, vingt-huit ans, fabricant de porcelaine, impasse des Célestins, n° 3 (Belleville), admis au traitement externe le 4 avril 1856, atteint de mentagre depuis quatre ans; guéri par l'épilation. Entré le 26 janvier 1856 dans le service de M. Devergie; sorti le 22 avril, non guéri.

Du reste, il n'est pas de mentagreux admis au dispensaire, déjà affecté depuis un certain temps, qui n'ait antérieurement fait usage, pendant des mois ou des années, de cataplasmes, de pommades, d'onguents, de vésicatoires appliqués sur la face, de cautérisations, etc., etc., et il faut qu'il en soit ainsi pour qu'ils consentent à se laisser arracher les poils, opération qui leur paraît être un supplice et qui leur donne le frisson à l'avance ; car, parmi ceux qui ne sont pas malades depuis longtemps, et qui n'ont pas encore passé par toutes ces épreuves, il y en a qui reculent devant ce moyen, et ils entrent dans les divers services des hôpitaux pour échapper à l'épilation, mais ils me reviennent, le cœur contrit, il est vrai, et ils se soumettent avec résignation, en général très-étonnés de ne pas éprouver des douleurs telles qu'ils se les étaient figurées. En voici un exemple récent :

Le vendredi 6 février 1857, fut admis au traitement externe de l'hôpital Saint-Louis le nommé Poirson, Jean-Baptiste, âgé de trente-cinq ans, garçon boulanger, demeurant à Montrouge, rue du Château, n° 17, atteint de sycosis à la lèvre supérieure depuis dix mois. Effrayé de voir qu'on arrachait la barbe, il s'éloigna bien vite du dispensaire ; étant revenu à la consultation de l'hôpital Saint-Louis le mardi suivant 10 février, il fut admis dans le service de M. Cazenave, où il est resté jusqu'au 31 avril, époque à laquelle il a été renvoyé comme guéri. Huit jours après sa sortie, les pustules ont reparu, les douleurs sont devenues si intenses, si insupportables, que le 6 juin 1857 il est revenu au dispensaire, résolu à supporter l'épilation. La lèvre était rouge, tuméfiée, couverte de pustules et d'une sensibilité extrême. Application d'huile de cade, cataplasmes de fécule. A la séance suivante, toute la moustache fut arrachée, à la grande satisfaction de Poirson qui, avec les poils, vit disparaître les douleurs. Voyez les avantages du traitement ordinaire pour ce malade et pour l'administration : il passe trois mois dans le service de M. Cazenave pour ne pas guérir ; il perd trois mois de son travail, et il reste en pure perte à la charge de l'administration des hospices pendant trois mois.

Immédiatement après l'épilation effectuée dans une seule séance, Poirson a repris ses travaux qu'il peut continuer, sans préjudice pour sa guérison, jusqu'à la fin du traitement, en se rendant une fois seulement par semaine au dispensaire.

Mais, quand un praticien va trop loin, le médecin qui écrit pour la science doit frapper fort, alors qu'il y a péril; c'est ainsi que s'exprime M. Devergie en attaquant les idées de M. Bazin sur les parasites végétaux et les affections parasitaires. Oui, sans doute, il faut frapper fort; mais d'abord il faut qu'il y ait péril, et ensuite il faut frapper juste. Or, ici le péril n'existe pas, et M. Devergie ne frappe pas juste. Plein d'ardeur pour se maintenir dans le droit chemin et y guider ses lecteurs, il ne s'aperçoit pas qu'il fait fausse route et qu'il les égare dans des chemins de traverse d'où il leur serait difficile de sortir, s'ils ne trouvaient sur leurs pas quelques jalons indiquant qu'ils suivent une fausse direction. Malgré l'assurance du maître, j'ose crier gare ! et désigner quelques jalons fournis par l'expérience et l'observation clinique. Ce n'est ni pour le plaisir d'écrire, ni pour attaquer par caprice un homme qui jouit d'une juste renommée, ni par le désir de me produire, ce qui ne convient ni à mon caractère ni à mes faibles connaissances, que je critique M. Devergie ; mais, il le dit lui-même, alors qu'il y a péril il faut frapper fort ; et comme il y a péril du côté où se trouve M. Devergie, j'ai cru qu'il était de mon devoir, malgré ma faiblesse et mon inexpérience dans l'art d'écrire, sinon de frapper fort, du moins de donner quelques avertissements, afin que le public, qui doit être notre juge en dernier ressort, se tienne sur ses gardes; et que, dégagé de toute influence ne s'en rapportant ni à M. Bazin ni à M. Devergie, mais tenant compte des faits énoncés de part et d'autre, il en appelle à l'observation et à l'expérimentation. Alors il lui sera donné de distinguer l'erreur d'avec la vérité.

Paris, le 4 juillet 1857.

9 782019 242183